Dans la peau de Miwa

Uhei AOKI

2

Dans la peau de Miwa

SOMMAIRE

NOUS Y VOILÀ

SCÈNE 8 : BREATHLESS

MADE-
MOISELLE
MIWA
VEUILLEZ
ME
SUIVRE
J'AI
À VOUS
PARLER
LA RÉALITÉ
SANS FARD...
À
L'INSTANT...
L'AGENCE
DE MÉNAGE
VIENT DE ME
TÉLÉPHONER
M'A EXPLOSÉ
EN PLEINE FACE

SCÈNE 8 : BREATHLESS

JE SUIS CUITE !
CUITE DE CHEZ CUITE !
MON IMPOSTURE...
A ÉTÉ PERCÉE À JOUR !

JE... JE DOIS TOUT LUI DIRE !
IL FAUT... QUE JE LUI DEMANDE PARDON !

AUCUN SON NE SORT DE MA BOUCHE ...
COMME SI QUELQUE CHOSE S'ÉTAIT BLOQUÉ...
DANS MA POITRINE

JE N'ARRIVE MÊME PLUS À RESPIRER !
JE SAIS
LA LETTRE !
...
ELLE N'EST ...
PLUS LÀ ?
OH NON !
JE L'AI PERDUE ?!

JE VOUS POSE LA QUESTION
VOUS PENSEZ VRAIMENT QUE ÇA PEUT CONTINUER COMME ÇA ?

À QUOI
FAITES-VOUS
ALLUSION ?

À SON
PLANNING

SON PLANNING ?
L'AGENCE M'A DEMANDÉ DE VOIR AVEC Mlle MIWA...
SI LES HORAIRES ÉTABLIS LUI CONVENAIENT AINSI ET N'INTERFÉRAIENT PAS AVEC SES AUTRES OBLIGATIONS
D'OÙ LEUR APPEL
OUI
OH
JE VOIS
ALORS, MADEMOISELLE MIWA ?
VOTRE EMPLOI DU TEMPS ACTUEL VOUS CONVIENT, JE PRÉSUME ?
Vous travaillez les lundis, mercredis et vendredis
?
MADE-MOI-SELLE MIWA ?
OU...
OUI...
JE NE SUIS DONC PAS DÉMASQUÉE ?
QUEL SOULAGEMENT ...

JE ME SENS... SOULA-GÉE ?
BIEN
OH
IL EST DÉJÀ SI TARD ?
VOUS POUVEZ PARTIR, CE SERA TOUT POUR AUJOUR-D'HUI
JE...

TROMPE ...
CES GENS
JE CAUSE DU TORT...
À UNE INCONNUE
JE NE PEUX PAS CONTINUER SUR CETTE VOIE INDÉFINIMENT...
IL N'EN EST PAS QUESTION !
JE DOIS TOUT LEUR DIRE...
JE DOIS AVOUER MON CRIME ET LEUR DEMANDER PARDON !!

NOUS PARLERONS CINÉMA LA PROCHAINE FOIS...
MADE-MOISELLE MIWA

COM-MENT ÇA...
PARLER CINÉMA ?
LAISSEZ
C'EST ENTRE ELLE ET MOI

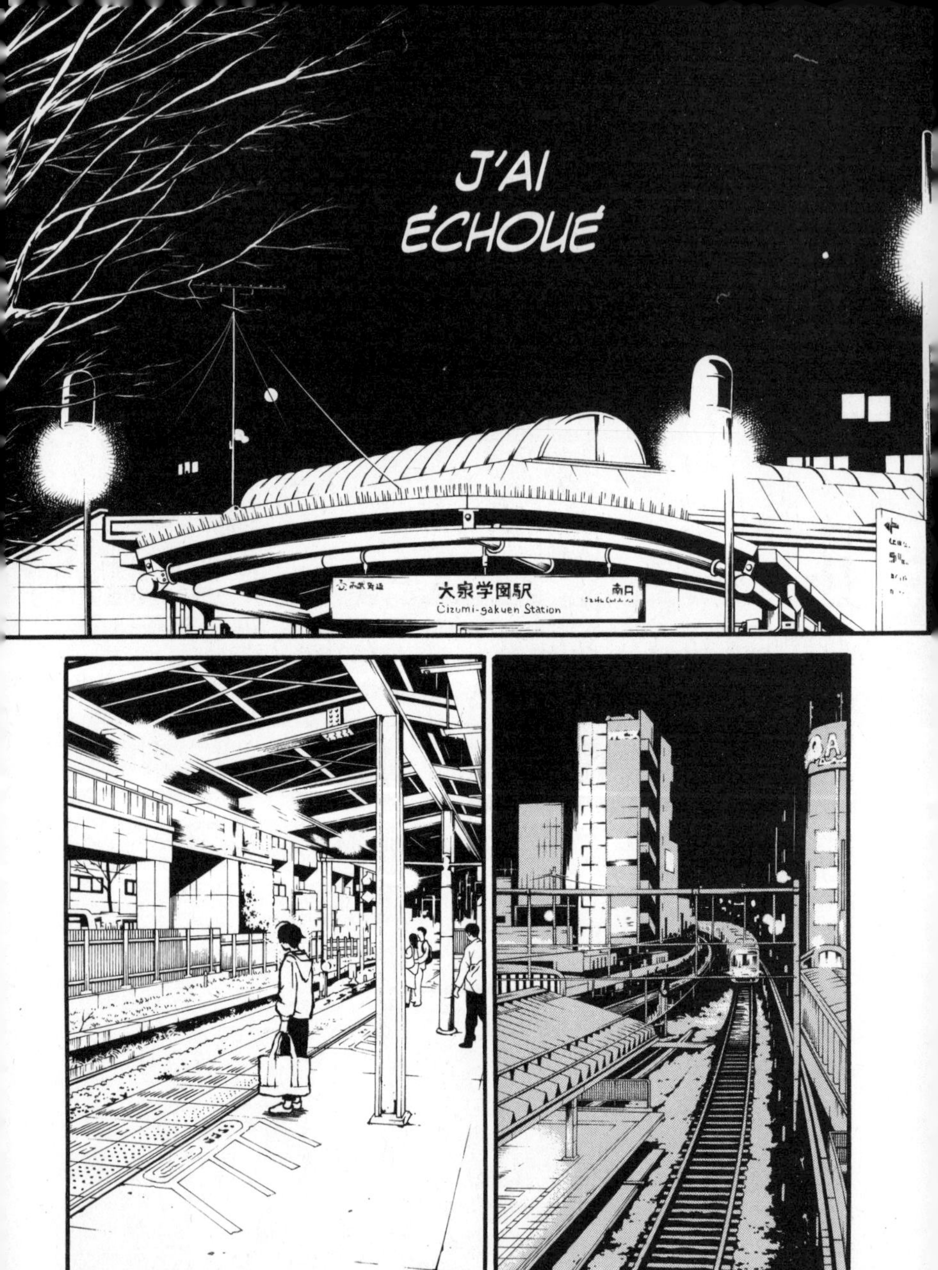
J'AI ÉCHOUÉ
大泉学園駅
Ōizumi-gakuen Station
南口

JE M'ÉTAIS TANT PRÉPARÉE À CE MOMENT
J'AVAIS MÊME ÉCRIT UNE LETTRE...
J'ÉTAIS RÉSOLUE À EN FINIR UNE BONNE FOIS POUR TOUTES
MAIS LORSQUE LE MOMENT EST VENU D'EXPIER MA FAUTE...
JE NE PARVENAIS MÊME PLUS À RESPIRER
L'ORIGINE DE CE POIDS...
QUI OPPRESSAIT MA POITRINE ET EMPÊCHAIT MES MOTS DE SORTIR...

« L'APOGÉE DE MA VIE »
« NE PAS VOULOIR LE DÉSHONORER PLUS LONGTEMPS », TU PARLES ...
TOUTES CES BELLES PAROLES ...
SONT D'UN VIDE ABYSSAL
C'EST LE DÉSIR

JE ME SUIS ABAN-DONNÉE ...
AU DÉSIR
JE ME SUIS ACCRO-CHÉE BEC ET ONGLES ...
À MON PROPRE BONHEUR
PFF
HÉ HÉ HÉ

QUELLE ÉGOÏSTE JE FAIS

LA PRESSION NOIRÂTRE ...
DE MON DÉGOÛT POUR MOI-MÊME S'EST ABATTUE SUR MOI
HEIN ?
MIWA ?
VOILÀ BIEN LA DERNIÈRE PERSONNE...
QUE J'AI ENVIE DE VOIR DANS UN MOMENT PAREIL
JE LE SAVAIS
C'EST TOI

MON EX

Dans la peau de *Miwa*

SCÈNE 9 : PIÈGE DE CRISTAL

* AU JAPON, CERTAINS BARS FACTURENT UN APÉRITIF PEU IMPORTE CE QUE LES CLIENTS CONSOMMENT (NDT).

MAIS AUCUNE LOI NE M'OBLIGE À LA SUIVRE
AH...
AHEM ...
JE...
JE VAIS VOUS PRENDRE LES ASSIETTES APÉRITIVES !
POUR DEUX PERSONNES ...
HEIN ?
MAIS C'EST DU GÂCHIS !
T'ES SÛRE ?
BADOM... BADOM...
OUI... DE TOUTE FAÇON, « ON PAYE SÉPARÉMENT », NON ?
ALORS JE T'INVITE...

OK
PUISQUE ÇA TE FAIT PLAISIR !
ÇA, C'EST MON EX, KIDO
SA DEVISE ? LES HOMMES ET LES FEMMES SONT ÉGAUX EN TOUT POINT
C'EST POURQUOI ON A TOUJOURS DIVISÉ LA NOTE
À NOTRE ÉPOQUE OÙ INSISTER POUR INVITER UNE FEMME PEUT ÊTRE PERÇU COMME MISOGYNE...
SA FAÇON DE PENSER ...
EST JUSTIFIÉE
SÉRIEUX ?!
T'ENCHAÎNES TOUJOURS LES PETITS BOULOTS SANS LENDEMAIN ?!
...
EH BAH...

J'IMAGINE QUE TU BOUFFES TOUJOURS UN TAS DE FILMS...
PAS VRAI ?
TOUS LES JOURS ...
...
LA VACHE ! HA HA !
T'AS PAS CHANGÉ D'UN IOTA !
T'en mates combien, 1 500 par an ?
...
IL SERAIT TEMPS QUE TU PASSES À AUTRE CHOSE...
LE CINÉMA, ÇA VA DEUX MINUTES

TU DEVRAIS PENSER À TON AVENIR !
ÇA CRAINT, QUAND MÊME...
À TON ÂGE
...
TU AS RAISON ...
KENTARÔ KIDO...
JE L'AI RENCONTRÉ À UN DE MES PETITS BOULOTS
ON EST SORTIS ENSEMBLE BRIÈVEMENT
IL ÉTAIT ÉTUDIANT EN ART
À L'ORIGINE, IL VOULAIT DEVENIR ACTEUR...
MAIS « LES PERSPECTIVES FINANCIÈRES » ÉTANT MAIGRES...
IL A INTÉGRÉ UNE ENTREPRISE LAMBDA UNE FOIS DIPLÔMÉ

PAS D'APÉRITIF IMPOSÉ...
DES ADDITIONS SÉPARÉES
UN TRAVAIL STABLE
IL RESTE TOUJOURS EN ADÉQUATION ...
AVEC LUI-MÊME
SES ARGUMENTS TIENNENT LA ROUTE
PERSONNE NE TROUVE JAMAIS RIEN À REDIRE...
À LA LÉGITIMITÉ...
DE SA PHILOSOPHIE

IL ME FAIT PEUR
À LA BASE...
J'AI ACCEPTÉ DE SORTIR AVEC LUI ...
PARCE QU'IL M'A EUE À L'USURE À FORCE D'INSISTER
« L'ÂGE » ...
« L'AVENIR » ...
KIDO SYMBO-LISE...
LA RÉALITÉ QUE JE NE CESSE DE FUIR

LORSQUE J'AI ENTENDU SA VOIX À LA GARE...
MON CORPS S'EST PARALYSÉ AUSSITÔT
JE N'AI PAS PU REFUSER SON INVITATION...
ET JE L'AI SUIVI DOCILEMENT ICI...
D'AILLEURS, MIWA...
TU AVAIS L'AIR DÉPRIMÉE, QUAND JE T'AI TROUVÉE À LA GARE
EUH...
AH...
NON, NON, TOUT ROULE ...
ET TOI, KIDO ?
TU M'AS DIT QUE TU RENTRAIS D'UN BAR ?
TU ÉTAIS AVEC QUI ?
OH
UN GROUPE D'AMIS RENCONTRÉS SUR LES RÉSEAUX SOCIAUX
ON A BIEN RIGOLÉ

TU DEVRAIS PAS RESTER ENFERMÉE CHEZ TOI À REGARDER DES FILMS
FAUT SORTIR ! VOIR DU MONDE !
SANS ÇA, TU RENCON-TRERAS JAMAIS PERSONNE
...
FAIS GAFFE OU TU FINIRAS VIEILLE FILLE !
HA HA HA ...
CE N'EST PAS COMME SI JE N'AVAIS RIEN À LUI RÉPLIQUER...
JE N'EN AI TOUT SIMPLEMENT PAS L'ÉNERGIE
POURQUOI ?

PARCE QUE TOUT VA BIEN DANS SA VIE...
ALORS QUE DANS LA MIENNE, TOUT PART À LA DÉRIVE
SON RAISONNEMENT EST JUSTE
ET SURTOUT...
J'AI PEUR DE RÉPONDRE À CÔTÉ DE LA PLAQUE...
ET QUE LA DISCUSSION TOURNE AU VINAIGRE

JE ME RAPPELLE ...
QU'ON AVAIT REGARDÉ UN FILM ENSEMBLE, UNE FOIS
En DVD
COMMENT ÇA S'APPELAIT ?
TU SAIS ...
LE TRUC AVEC BRUCE WILLS
« PIÈGE DE CRISTAL » ?
ET C'EST WILLIS ...
OUAIS, VOILÀ ! FRANCHEMENT ? ÇA M'A PAS MARQUÉ...
C'ÉTAIT PAS TERRIBLE. TROP MAINSTREAM
« PIÈGE DE CRISTAL » ...
PAS TERRIBLE ?!
C'EST UN CHEF-D'ŒUVRE ABSOLU !!

CE... CERTES...
CE FILM N'EST PEUT-ÊTRE PAS FAIT...
POUR TOUT LE MONDE...
DE TOUT MON ENTOURAGE
TU ÉTAIS UNE DES SEULES À ADORER LES BLOCKBUSTERS
C'EST RARE POUR UNE FAN DE CINÉMA
D'habitude, ils préfèrent les films d'auteur...
TU... TU TROUVES ?
JE CROIS ME SOUVENIR...
QUE TU ADORAIS TAKASHI YATSUMI ?

LORSQU'IL PRONONÇA SON NOM, MA RESPIRATION SE COUPA NET
ON LE VOIT PLUS NULLE PART, CE TYPE
EN MÊME TEMPS, TOUT LE MONDE NE JURE QUE PAR YOUTUBE, DE NOS JOURS
PLUS PERSONNE N'A LE COURAGE DE PASSER DEUX HEURES DEVANT UN FILM !
AUCUN DES JEUNES DE MA BOÎTE ...
N'A JAMAIS ENTENDU PARLER ...
DE TAKASHI YATSUMI

C'EST COMME ÇA
IL EST FINI
ENCORE UN AUTRE ACTEUR HAS BEEN

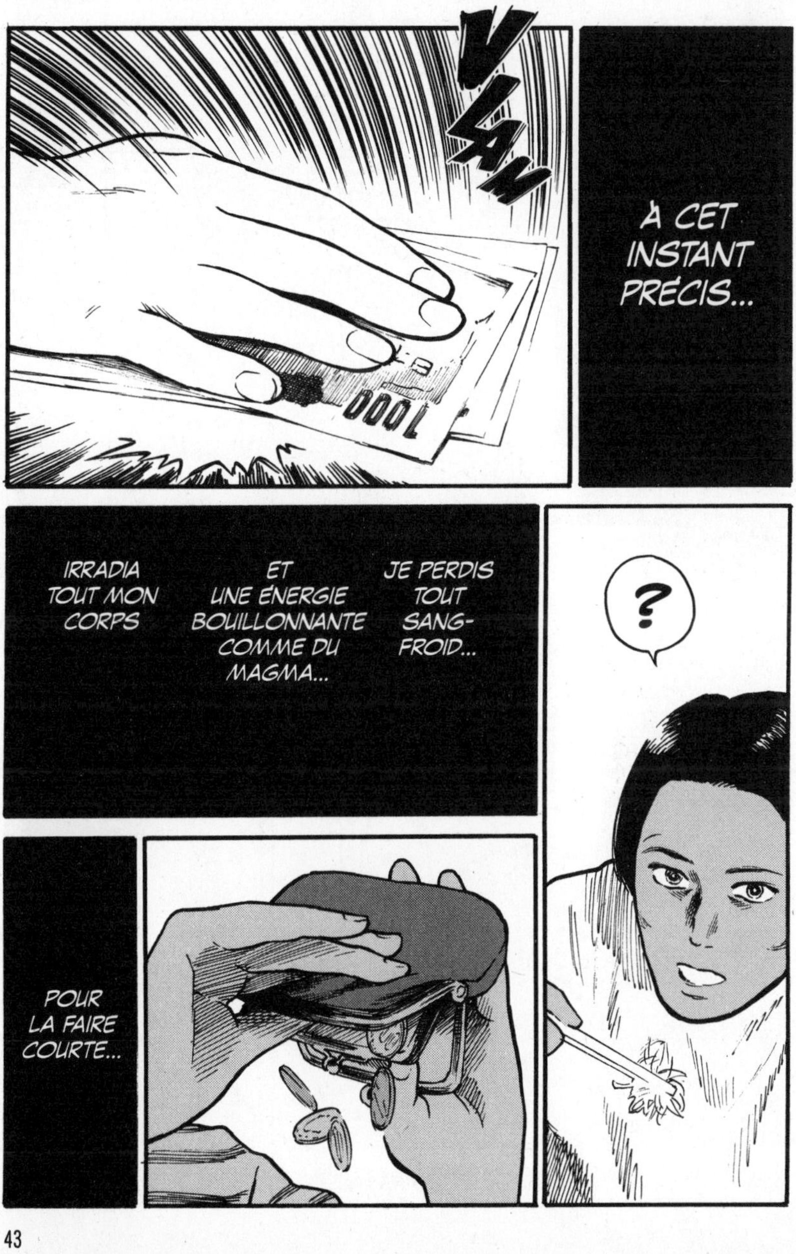
À CET INSTANT PRÉCIS...
VLAN
?
JE PERDIS TOUT SANG-FROID...
ET UNE ÉNERGIE BOUILLONNANTE COMME DU MAGMA...
IRRADIA TOUT MON CORPS
POUR LA FAIRE COURTE...

J'AI PÉTÉ UN CÂBLE
JE ME CASSE
H.. HEIN ?
QU'EST-CE QUE T'AS ?
MINCE ...
TU L'IDOLÂTRES ENCORE ?
CET ACTEUR DÉPASSÉ ?

OH !
ATTENDS !
ME DIS PAS QUE TU DOIS RENTRER ?
IL EST QUE 20 HEURES
OUI, D'AILLEURS ÇA ME TURLUPINE DEPUIS UN MOMENT...
COMME TU LE DIS, IL N'EST QUE 20 HEURES
11 12 1 2 3 4 7 8 9 10
ÇA FAIT PAS UN PEU TÔT...
POUR FINIR TA SOIRÉE AVEC TES COPAINS DES RÉSEAUX ?
LA FÊTE...
BATTAIT VRAIMENT SON PLEIN ?

ILS SE SERAIENT PAS TOUS BARRÉS...
PARCE QUE TU LES ENNUYAIS À MOURIR ?
FWIT

UNE DERNIÈRE CHOSE ...
C'EST PAS « BRUCE WILLS »...
MAIS « BRUCE WILLIS » !!
VLAM
BRR
POUF

SNIF ...
GH ...

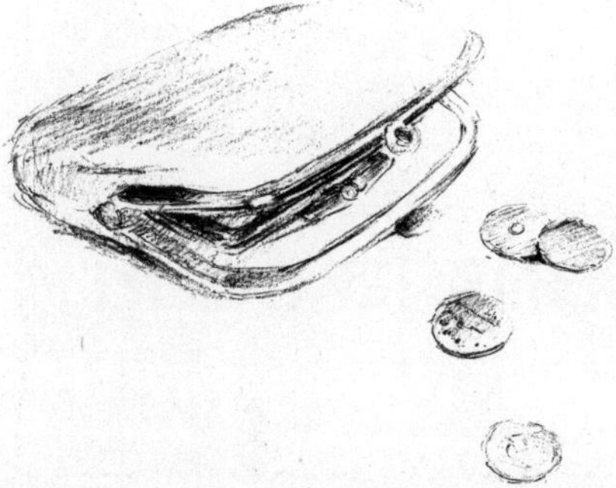

Dans la peau de *Miwa*

SCÈNE 10 : BROKEN CARROT FLOWERS

J'AI ENCORE COUPÉ LES CAROTTES ...
EN FORME DE FLEURS
ÇA PREND DU TEMPS
ET C'EST FASTIDIEUX
POURQUOI JE M'OBSTINE À LES DÉCOUPER AINSI ?
JE N'AI PERSONNE À QUI LES MONTRER

SCÈNE 10 : BROKEN CARROT FLOWERS

J'EN AI MARRE D'ÊTRE TROP SENSIBLE

JE ME DEMANDE...
SI CETTE SENSIBILITÉ À FLEUR DE PEAU NE SERAIT PAS DEVENUE...
UN IMPOSANT REMPART DANS MA VIE
QUAND JE PENSE ...
À MON EX, KIDO...
JE ME DIS QUE SI J'ÉTAIS QUELQU'UN DE RATIONNEL COMME LUI...
JE MÈNERAIS PEUT-ÊTRE UNE VIE MEILLEURE, AUJOURD'HUI

HIER SOIR...
JE LUI AI EXPLOSÉ AU VISAGE
JE N'Y ARRIVE PAS
LORSQU'IL A CALOMNIÉ MON IDOLE
ALORS QU'ELLES RIGOLENT AUTANT
J'AI PERDU TOUTE RAISON...
TU PEUX ALLER RANGER ÇA EN
KUBOTA !
BWA HA
MOI QUI SUIS POURTANT INCAPABLE DE M'AFFIRMER...
NE PRENEZ PAS CET INCIDENT TROP À CŒUR, D'ACCORD ?
MES RÉCENTS ÉCHANGES AVEC TAKASHI YATSUMI...
ONT FAIT NAÎTRE EN MOI UNE ÉNERGIE INSOUPÇONNÉE
BLOP BLOP

SON ORIGINE EST FONCIÈREMENT MALHONNÊTE

TCHAK
TCHAK
TCHAK
TCHAK
TCHAK...
MA REN-CONTRE AVEC TAKASHI YATSUMI...
EST LE FRUIT D'UN CRIME
CETTE ÉNERGIE N'A RIEN DE VERTUEUX

IL A RENONCÉ AU MÉTIER D'ACTEUR PAR PEUR DE MAL GAGNER SA VIE
RÉSULTAT, IL EST DEVENU UN ADULTE INTÈGRE ET ACCOMPLI
IL A SU CONTRÔLER SES ÉMOTIONS ET S'ENDURCIR
KIDO AGIT TOUJOURS...
DE FAÇON SENSÉE

JE SUIS SUR LA MAUVAISE VOIE
TAXI DRIVER
BRUCE LEE
LE JEU DE LA MORT
ZOMBIE

OUI...
MA SENSIBILITÉ MALADIVE...
EST À L'ORIGINE DE TOUS MES MAUX...
C'EST CE DÉFAUT QUI M'A POUSSÉE À L'IMPOSTURE !

VLAM
NON MAIS À QUOI JE JOUE ? J'AI PASSÉ L'ÂGE DES RÊVERIES !
JE DOIS DIRE ADIEU AU CINÉMA ...

ET BRISER CE LIEN AFFECTIF QUE J'ENTRETIENS AVEC LUI !
BRRR...
BLOM
BLOM
BLOM
AH !

CE SONT ...
Pour Takashi Yatsumi
TOUTES LES LETTRES DE FAN QUE JE LUI AI ÉCRITES
DES TONNES DE COURRIERS ...
COMPOSÉS DEPUIS L'ENFANCE ...
ET QUE JE N'AI JAMAIS OSÉ POSTER

ÊTRE UNE GEEK PAREILLE...
À 29 ANS...
LA HONTE !
JE N'AI JAMAIS EXPRIMÉ LE FOND DE MA PENSÉE...
J'AI UN TRUC QUI ME FAIT TENIR :
J'AI TOUJOURS FUI LA RÉALITÉ
LE CINÉMA
SÉRIEUX ?!
T'ENCHAÎNES TOUJOURS LES PETITS BOULOTS SANS LENDEMAINS ?!
...
EH BAH...
SANS SONGER AU FUTUR
IL SERAIT TEMPS QUE TU PASSES À AUTRE CHOSE...
LE CINÉMA, ÇA VA DEUX MINUTES
JE ME LAISSE PORTER PAR MES ÉMOTIONS
FAIS GAFFE OU TU FINIRAS VIEILLE FILLE !
LE MONDE N'A AUCUNE PITIÉ...
POUR LES GENS COMME MOI
MAIS ...
LUI...
IL EST LE SEUL À ME VOIR TELLE QUE JE SUIS !

ELLE M'A TOUT L'AIR DE POSSÉDER LA VERTU ...
DE QUELQU'UN QUI CULTIVE SES QUALITÉS EN SECRET ...
ET EN TOUTE HUMILITÉ

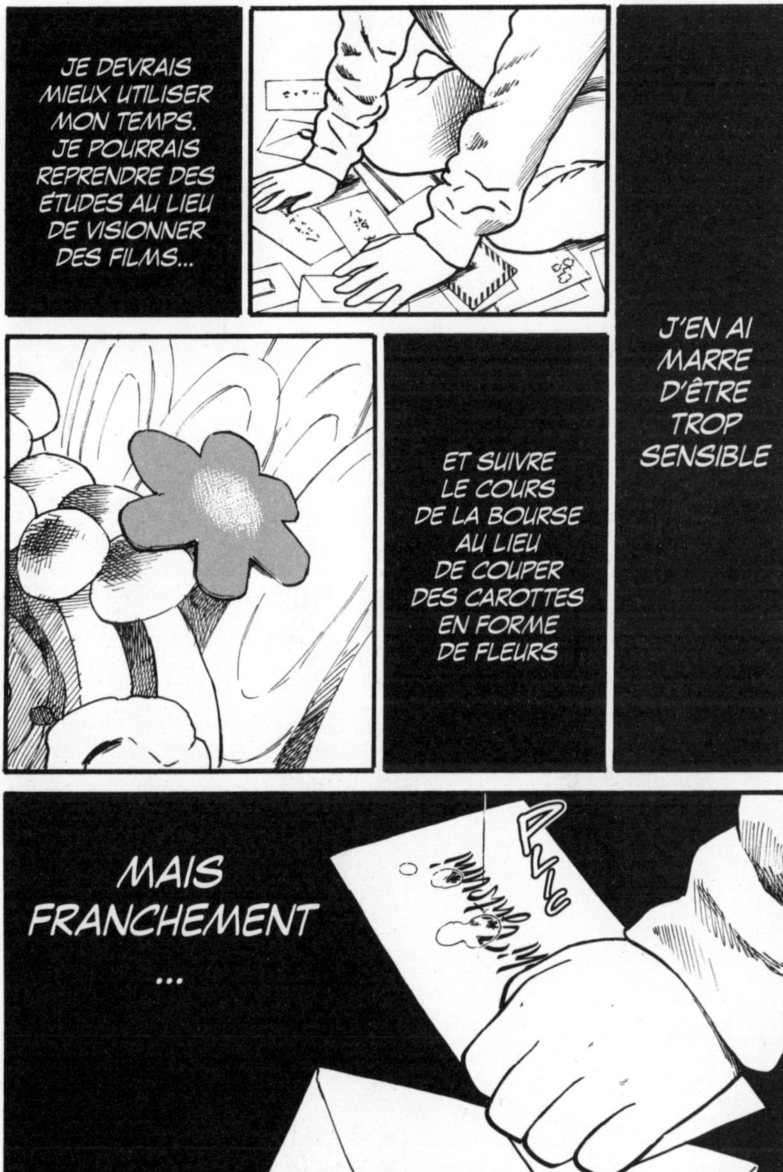
JE DEVRAIS MIEUX UTILISER MON TEMPS. JE POURRAIS REPRENDRE DES ÉTUDES AU LIEU DE VISIONNER DES FILMS...
ET SUIVRE LE COURS DE LA BOURSE AU LIEU DE COUPER DES CAROTTES EN FORME DE FLEURS
J'EN AI MARRE D'ÊTRE TROP SENSIBLE
MAIS FRANCHEMENT ...

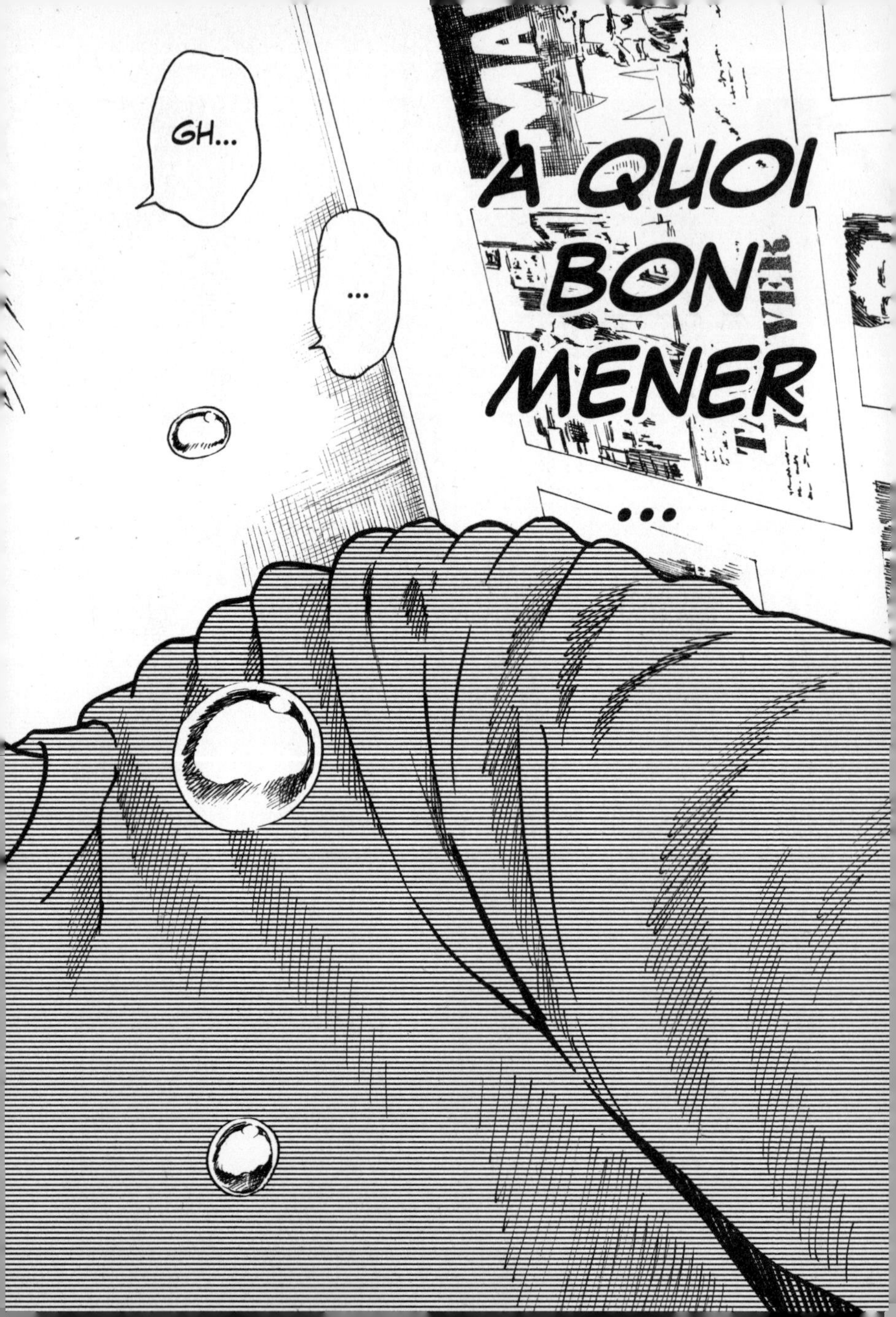
À QUOI BON MENER ...
...
GH...

UNE VIE PAREILLE ?
SNIF...

OH !
UN PAPILLON
COMME CET INSECTE ...
À LA RE-CHERCHE D'UNE FLEUR EXQUISE ...
PORTANT LE FARDEAU ...
D'UN PÉCHÉ NOIR COMME LA NUIT...
ON EN VOIT RAREMENT ICI...

MADE-MOISELLE MIWA
OUI...
JE SUIS REVENUE ...
VOLETER AUTOUR DE LUI

Dans la peau de *Miwa*

SCÈNE 11 : DEVINE QUI VIENT DÎNER

« LE PARFUM DES DAPHNÉS ODORA... »

« ME RAPPELLE DES SOUVENIRS »

CETTE BRÈVE REMARQUE...

M'A MARQUÉE SANS QUE JE SACHE TROP POURQUOI

SCÈNE 11 : DEVINE QUI VIENT DÎNER

IL S'AGIT D'UNE DÉLÉGATION DU PAYS D
TAKASHI YATSUMI EST QUELQU'UN DE TRÈS OCCUPÉ

*GARDIENS DES BIENS CULTURELS IMMATÉRIELS CERTIFIÉS PAR LE MINISTRE DE L'ÉDUCATION (NDT).

DES VIP DU MONDE ENTIER...
DÉFILENT À TOUTE VITESSE DANS SON PLANNING MILLIMÉTRÉ
CE QUE J'AI EXPÉRIMENTÉ L'ESPACE DE QUELQUES JOURS...
RELEVAIT BEL ET BIEN DU MIRACLE
J'EN SUIS D'AUTANT PLUS CONSCIENTE AUJOURD'HUI
NATUREL-LEMENT ...
JE SUIS LOIN D'ÊTRE LA SEULE EMPLOYÉE DE LA RÉSIDENCE YATSUMI
JE NE CONNAIS PAS LEUR NOMBRE EXACT...
MAIS ENTRE LES CHAUFFEURS, LES JARDINIERS ET LES GARDES...
PLUSIEURS DIZAINES DE PERSONNES TRAVAILLENT ICI

IKEZUMI
...
UNE DE MES COLLÈGUES, M'AIDE À COMBLER MES LACUNES
OH !
LE DIRECTEUR DE L'ÉCOLE D'ART M
JE L'AI DÉJÀ CROISÉ LORS D'UN COCKTAIL DE L'AMBASSADE DU JAPON À PARIS
ELLE EST DIPLÔMÉE DE LA SORBONNE
BREF, MA PRÉSENCE ICI EST UNE ANOMALIE
...
Niveau lycée

AH
MADE-MOISELLE FUJIURA
VOUS SORTEZ ?
OUI
CRII
VISH
JE SERAI DE RETOUR DANS UN QUART D'HEURE
NOUS N'ATTENDONS AUCUN INVITÉ DURANT CE LAPS DE TEMPS
APPELEZ-MOI AU MOINDRE PROBLÈME
D'ACCORD !
EXCUSEZ-MOI...

VOUS TRAVAIL-LEZ ...
DANS CETTE MAISON ?
EH...
EH BIEN, OUI...
?

JE VOUS EN PRIE, LAISSEZ-MOI REN-CONTRER-TAKASHI YATSUMI !!
PARDON ?

DITES-LUI...
QUE HIROKI IZUMI EST VENU LE VOIR...
IL COMPRENDRA...
S'IL VOUS PLAÎT, ANNONCEZ-LUI MA VISITE !
VOUS... AVIEZ RENDEZ-VOUS ?
NON
JE...
JE DOIS D'ABORD DEMANDER À SA MANAGER...
AAAAH !
iiiiK

JE... JE NE VEUX PAS...
AVOIR AFFAIRE À ELLE ...
JE NE PEUX PAS ENTRER DANS LES DÉTAILS...
MAIS SI JE PASSE PAR LES CANAUX OFFICIELS...
ÇA VA LOURDEMENT ME COMPLIQUER LA TÂCHE...
ACCEPTERIEZ-VOUS...
DE ME LAISSER ENTRER EN DOUCE ?

JE DOIS LE VOIR...
À TOUT PRIX
J'AI QUELQUE CHOSE À LUI DIRE. C'EST TRÈS IMPORTANT !
WOUSH
PITIÉ !
JE VOUS EN SUPPLIE !

EUUUH...
BON SANG... C'EST TERRIBLE ...
CET HOMME A L'AIR SI DÉSEMPARÉ QUE JE SERAIS PRÊTE À FAIRE DES PIEDS ET DES MAINS POUR L'AIDER...
MAIS DANS MA POSITION ACTUELLE, JE NE PEUX PAS ME PERMETTRE DE FOLIE...
JE...
JE SUIS ...
UNE SIMPLE FEMME DE MÉNAGE ...
DÉSOLÉE...

OH
DES DAPHNES ODORA

DES DAPHNÉS ODORA, VOUS DITES ?
OUI
ELLES ME RAPPELLENT DES SOUVENIRS
IL N'A PAS RENDEZ-VOUS
ET IL A L'AIR LOUCHE
JE NE PEUX PAS FAIRE ENTRER UN TYPE DE CE GENRE EN CATIMINI SEULEMENT AU FEELING...
CE SERAIT ABSURDE
MAIS IL A REMARQUÉ LES DAPHNÉS ODORA...

POURRIEZ-VOUS REVENIR UN AUTRE JOUR ?
JE LUI DIRAI QUE VOUS ÊTES PASSÉ !
A... ATTENDEZ !
LE PARFUM DES DAPHNÉS ODORA...
ME RAPPELLE DES SOUVENIRS
JE ME SOUVIENS...
DE CES MOTS
QUE FAIRE ?
HÉLAS ...
ÇA NE VA PAS ÊTRE POSSIBLE
JE PARS AUJOURD'HUI MÊME...
TRÈS LOIN D'ICI...

SI PAR LE PLUS GRAND DES HASARDS, CET HOMME AVAIT UNE RELATION SPÉCIALE AVEC LE GRAND YATSUMI...
ET QU'IL S'AGISSAIT LÀ DE LEUR DERNIÈRE CHANCE DE SE VOIR...
JE DEVRAIS LUI DEMANDER DIRECTEMENT
NON...
LE TEMPS DE VÉRIFIER L'INFORMATION, Mlle FUJIURA SERA DÉJÀ DE RETOUR !

MON-
SIEUR
IZUMI !

ON...
ON A TRÈS PEU DE TEMPS !
PAR ICI, VITE !
ME...
MERCI INFINIMENT !
MON CORPS...
S'EST MIS EN MARCHE TOUT SEUL
LE REGARD DÉTERMINÉ DE M. IZUMI ...
ET SON BESOIN DE VOIR M. YATSUMI À TOUT PRIX...
ONT SANS DOUTE RÉSONNÉ AVEC MA PROPRE SITUATION...

NE VOUS FAITES SURTOUT PAS REPÉRER
RESTEZ À COUVERT
DÉPÊCHONS-NOUS !
FROUSH
FROUSH
FROUSH
!
TSS !
SATANÉES BRANCHES ...

MON-
SIEUR
IZUMI
!
PLUS
VITE !
J'ARRIVE
!

Dans la peau de *Miwa*

SCÈNE 12 : THE LIGHT SHINED ONLY THERE

LE PARFUM DES DAPHNÉS ODORA...
ME RAPPELLE DES SOUVENIRS
DE QUOI...
ELLE PARLE, AU JUSTE ?

SCÈNE 12 : THE LIGHT SHINED ONLY THERE

* 21 374 EUROS ENVIRON (NDT).

* 919 097 EUROS ENVIRON (NDT).

DES YAKUZAS ?

IL PARAÎT QU'À UNE ÉPOQUE...
L'OPINION PUBLIQUE A COMMENCÉ À VOIR D'UN MAUVAIS ŒIL LES AMITIÉS ENTRE MAFIEUX ET ARTISTES
CERTAINES CÉLÉBRITÉS SONT ENCORE CONTRAINTES D'ARRÊTER LEUR CARRIÈRE À CAUSE DE ÇA
ÇA POURRAIT ARRIVER ...
MÊME AU GRAND TAKASHI YATSUMI ?
SI ON LUI DÉCOUVRAIT UN LIEN AVEC LA PÈGRE...
IL SERAIT FINI EN MOINS DE DEUX

HUM...
N'EMPÊCHE QUE ÇA ME PARAÎT UN PEU DÉMESURÉ
160 MILLIONS POUR LA SÉCURITÉ
EN FAIT ...
SELON UNE CERTAINE RUMEUR...
M. YATSUMI ÉTAIT PROCHE D'UN CLAN DE MAFIEUX, AUTREFOIS
POUR OBTENIR L'AUTORISATION DE TOURNER UN FILM DE YAKUZAS, UN ACTEUR SERVAIT SYSTÉMATIQUEMENT D'AGENT DE LIAISON ENTRE LE STUDIO ET LE BOSS
C'ÉTAIT UNE PRATIQUE COURANTE, À L'ÉPOQUE
ET ON PENSE QUE M. YATSUMI REMPLISSAIT CE RÔLE

À CAUSE DE ÇA, BEAUCOUP DE YAKUZAS VIENNENT RÔDER PRÈS DE LA RÉSIDENCE DANS L'ESPOIR DE LE FAIRE CHANTER
VOILÀ POURQUOI IL AURAIT AMÉLIORÉ LA SÉCURITÉ
JE VOIS...
AH
ÇA ME FAIT PENSER ...
QUAND JE NETTOYAIS L'ENTRÉE TOUT À L'HEURE...
UN TYPE LOUCHE EST VENU ME PARLER
IL M'A DEMANDÉ DE LE FAIRE ENTRER EN CACHETTE
MAIS A REFUSÉ DE ME DIRE POURQUOI IL ÉTAIT LÀ
HEIN ?!
ET... TU AS RÉAGI COMMENT ?

JE L'AI REFOULÉ, BIEN SÛR
OUI, LOGIQUE ...
QUI LAISSERAIT ENTRER UN MEC PAREIL ?
!
VOILÀ MAÎTRE YATSUMI !
MONSIEUR IZU...

FROUSH
M...
MONSIEUR IZUMI ?!

JE SUIS SI CONTENT DE VOUS REVOIR ...
MONSIEUR...
YATSUMI !
IZUMI...

TU VAS BIEN...
QUEL SOULAGEMENT !
JE SUIS PARFAITEMENT CONSCIENT ...
QUE MA VENUE ICI...
POURRAIT VOUS CAUSER DE GROS ENNUIS...
MAIS JE TENAIS ABSOLUMENT À VOUS EXPRIMER MA GRATITUDE !
DÈS LE MOIS PROCHAIN ...
JE VAIS COMMENCER À TRAVAILLER COMME AIDE À DOMICILE...

SI J'AI PU QUITTER LE CRIME ORGANISÉ ...
ET COMMENCER UNE NOUVELLE VIE...
C'EST ENTIÈRE-MENT...
GRÂCE À VOUS !
JE...
JE NE VOUS REMERCIERAI JAMAIS ASSEZ !!
JE T'EN PRIE...
COMME JE SUIS CONTENT !

JE SUIS ÉTONNÉ DE LA FACILITÉ AVEC LAQUELLE...
TU ES PASSÉ ENTRE LES MAILLES DE MA SÉCURITÉ...
EN RE-VANCHE ...
EN...
EN FAIT...
JE...
JE SUIS NAVRÉE !!
M. IZUMI AVAIT L'AIR SI DÉSESPÉRÉ QUE J'AI DÉCIDÉ ...
DE L'AIDER À S'INFILTRER DANS LA RÉSIDENCE !

NON !
ELLE N'A RIEN FAIT DE MAL !
C'EST MOI QUI LUI AI FORCÉ LA MAIN !
LA MOINDRE ERREUR DE JUGEMENT ...
AURAIT PU NOUS COÛTER TRÈS CHER À TOUS LES DEUX, MADEMOISELLE MIWA
J'AI DU MAL À IMAGINER ...
QUELQU'UN D'AUSSI SÉRIEUX QUE VOUS...
LAISSER PASSER UN INCONNU SEULEMENT PARCE QU'IL AVAIT L'AIR DÉSESPÉRÉ...

JE ME SUIS SOUVENUE DE LUI
C'EST VRAI, ELLE A DIT ÇA TOUT À L'HEURE...
MAIS DE QUOI PARLAIT-ELLE ?

VOUS ÊTES ACTEUR ...
N'EST-CE PAS...
MONSIEUR IZUMI ?
CO...
COM-MENT...
AVEZ-VOUS SU ?

ELLE A BEAU ÊTRE COURTE...
JE ME SOUVIENS TRÈS CLAIREMENT...
DE LA SCÈNE DANS LAQUELLE VOUS APPARAIS-SEZ
UNE SCÈNE MAGNI-FIQUE...
MARQUÉE PAR D'IMPOSANTS DAPHNÉS ODORA

JE N'EN REVIENS PAS...
IL N'APPARAÎT À L'IMAGE QUE QUELQUES INSTANTS
IL NE DOIT MÊME PAS ÊTRE AU GÉNÉRIQUE...
C'EST JUSTE
ÇA N'A PAS DURE LONGTEMPS ...
MAIS J'AI FORME IZUMI AU MÉTIER D'ACTEUR, IL N'A JOUÉ QUE DANS UN SEUL FILM
HÉLAS...
IL A VITE DÛ ABANDONNER SA CARRIÈRE
POUR UNE RAISON INDÉPENDANTE DE SA VOLONTE...
CETTE SCÈNE QUE J'AI PARTAGÉE AVEC VOUS...
REPRÉSENTE...
LE SEUL MOMENT DE LUMIÈRE DANS MA VIE
TOUT BRILLAIT ...
DE MILLE FEUX...

HOP
DE VOUS ÊTRE SOUVE-NUE DE MOI...
MERCI INFINIMENT ...
MERCI MILLE FOIS !

Dans la peau de *Miwa*

SCÈNE 13 :
LA LÉGENDE DU NIHILISTE SUR L'OCÉAN

Film : « Primary Woman » Scène 13
ET VOICI
DES FRAISES ?
?
JE N'EN AI PAS COMMANDÉ
DE LA PART DE CE MONSIEUR
COUPEZ !
C'EST DANS LA BOÎTE !

HÉ, TOI
OUI ?
IL T'EST ARRIVÉ QUELQUE CHOSE DE BIEN ... DERNIÈREMENT ?

QUOI ?
JE TE DEMANDE SI LA CHANCE T'A SOURI DANS TA VIE PRIVÉE
AH...
EUH...
EN FAIT...
J'AI UNE PETITE AMIE DEPUIS PEU...
MAIS ...
ATTENDEZ !
COMMENT AVEZ-VOUS SU ?
JE VOIS
ELLE EST TOUJOURS AUSSI IMPRESSIONNANTE...
EUH, TU M'EXPLIQUES ?
ELLE EST CAPABLE DE DEVINER...
L'ÉTAT D'ESPRIT DE SON PARTENAIRE OU SA SITUATION...
UNIQUEMENT GRÂCE À SON JEU !!
ELLE A DEVINÉ ÇA...
RIEN QU'AVEC MES DEUX PAUVRES RÉPLIQUES ?!

ON DIT SOUVENT ...
QU'À FORCE D'EXERCER CE MÉTIER...
ON CALE SON RYTHME SUR CELUI DE SON PARTE-NAIRE
MAIS ELLE...
ELLE EST SUR UN TOUT AUTRE NIVEAU
C'EST À ÇA QU'ON RECONNAÎT ...
UNE ACTRICE ACCOMPLIE !!
Ayame Koshino (56 ans) actrice
ELLE ...
ELLE ME REND SI NERVEUX ...
M. YATSUMI EST ARRIVÉÉE !

LE VOILÀ ...
TAKASHI YATSUMI !
QUELLE PRES-TANCE...

Tout le monde en place pour la scène 21 !
Scène 21
POURQUOI...
DES FRAISES ?
TAKASHI YATSUMI
LE SEUL HOMME...
QUE JE NE PEUX PAS CERNER
ELLES REHAUSSENT ...
LE GOÛT DU CHAMPAGNE
IL EST COMME ...

LA MER
AU FOND DE LUI...
SE TROUVE UNE EAU CALME
SANS LA MOINDRE VAGUELETTE
MÊME MES YEUX DE LYNX NE PARVIENNENT PAS...
À MESURER L'AMPLEUR ET LA PROFONDEUR ...
DE SON JEU
COUPEZ !
ON VA FAIRE UNE PAUSE !

BLOM
DOM...
QUE...
QU'EST-CE QU'IL SE PASSE ?

*GÂTEAUX TRADITIONNELS DE KANAZAWA

IL PARAÎT QUE CES DEUX-LÀ...
SONT DE VIEUX AMIS
Mme KOSHINO...
SEMBLE APPRÉCIER...
LES GÂTEAUX FOURNIS PAR LA PROD
DITES !
JE PEUX EN EMBARQUER CHEZ MOI ?
OUI ! BIEN SÛR
KOSHINO
OUI ?
BRAVO POUR LA SCÈNE 21
TU AS ÉTÉ SUPERBE

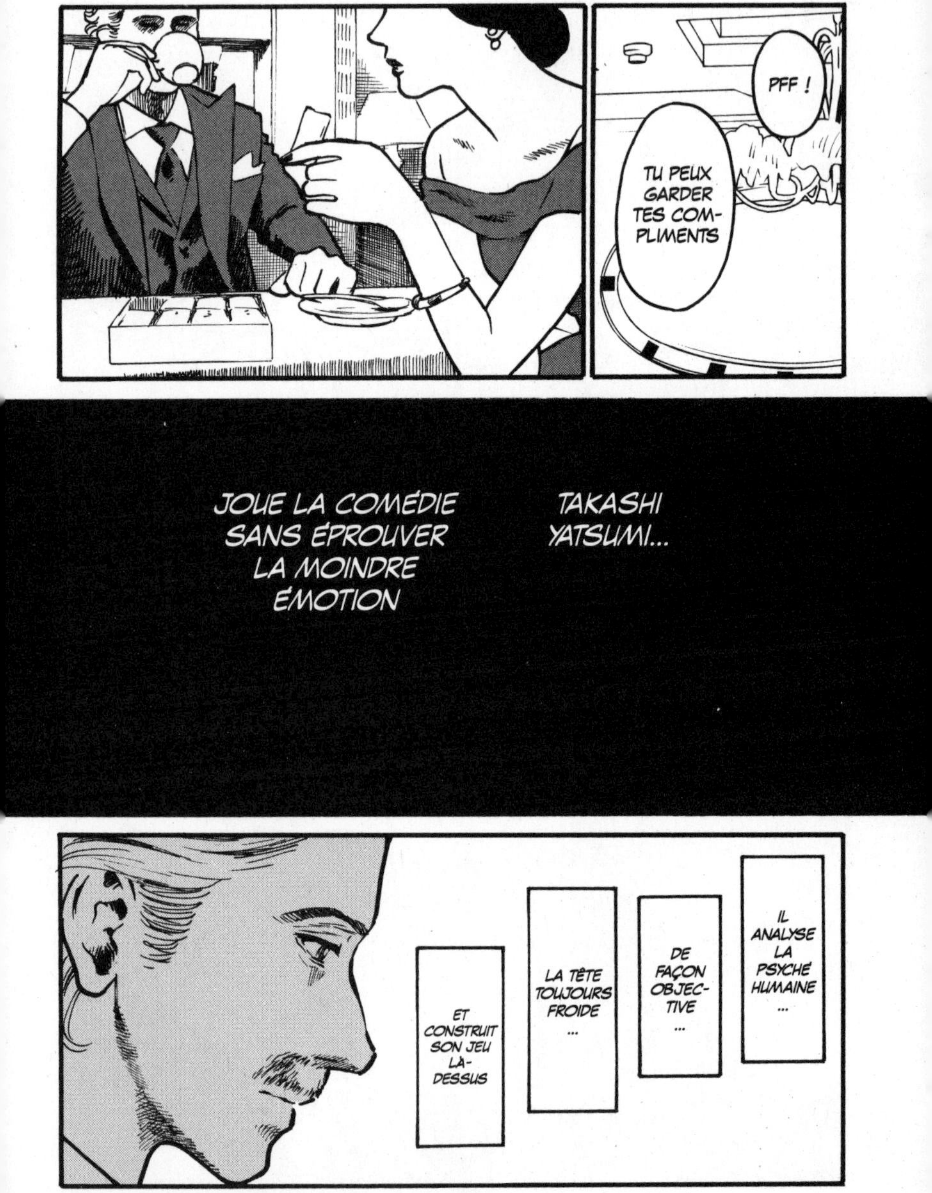
PFF !
TU PEUX GARDER TES COMPLIMENTS
TAKASHI YATSUMI...
JOUE LA COMÉDIE SANS ÉPROUVER LA MOINDRE ÉMOTION
IL ANALYSE LA PSYCHÉ HUMAINE ...
DE FAÇON OBJECTIVE ...
LA TÊTE TOUJOURS FROIDE ...
ET CONSTRUIT SON JEU LÀ-DESSUS

IL TIRE ENSUITE UNE VUE D'ENSEMBLE DE L'ŒUVRE...
AFIN DE LUI DONNER LA MEILLEURE VERSION POSSIBLE...
ET CECI, PEU IMPORTE L'APPROCHE QUE SES PARTENAIRES ONT DE LEUR RÔLE
TOUS CEUX QUI PARTAGENT L'ÉCRAN AVEC TAKASHI YATSUMI...
SE DISSOLVENT DANS SA MER DE TRANQUILLITÉ ...
ET NE DEVIENNENT QU'UN SIMPLE FRAGMENT DU FILM
MÊME UNE GRANDE STAR COMME MOI ...
NE FAIT PAS EXCEPTION
TSS !
YATSU

POURQUOI TU CONTINUES À ÊTRE ACTEUR ?
DE PLUS GRANDES CHOSES S'OFFRENT À TOI...
PAS VRAI ?

J'ADMETS ...
QUE JE ME POSE LA QUESTION, PARFOIS...
MAIS...
BEAUCOUP DE GENS...
VEULENT ENCORE ME VOIR JOUER LA COMÉDIE
TU CONTINUES SEULEMENT POUR FAIRE PLAISIR À TON PUBLIC ?
C'EST QUOI, CETTE RÉPONSE BATEAU ?
AH LÀ LÀ !
J'AURAIS JAMAIS DÛ TE POSER LA QUESTION !
DISONS QUE...
PLUS QUE LEUR FAIRE PLAISIR...

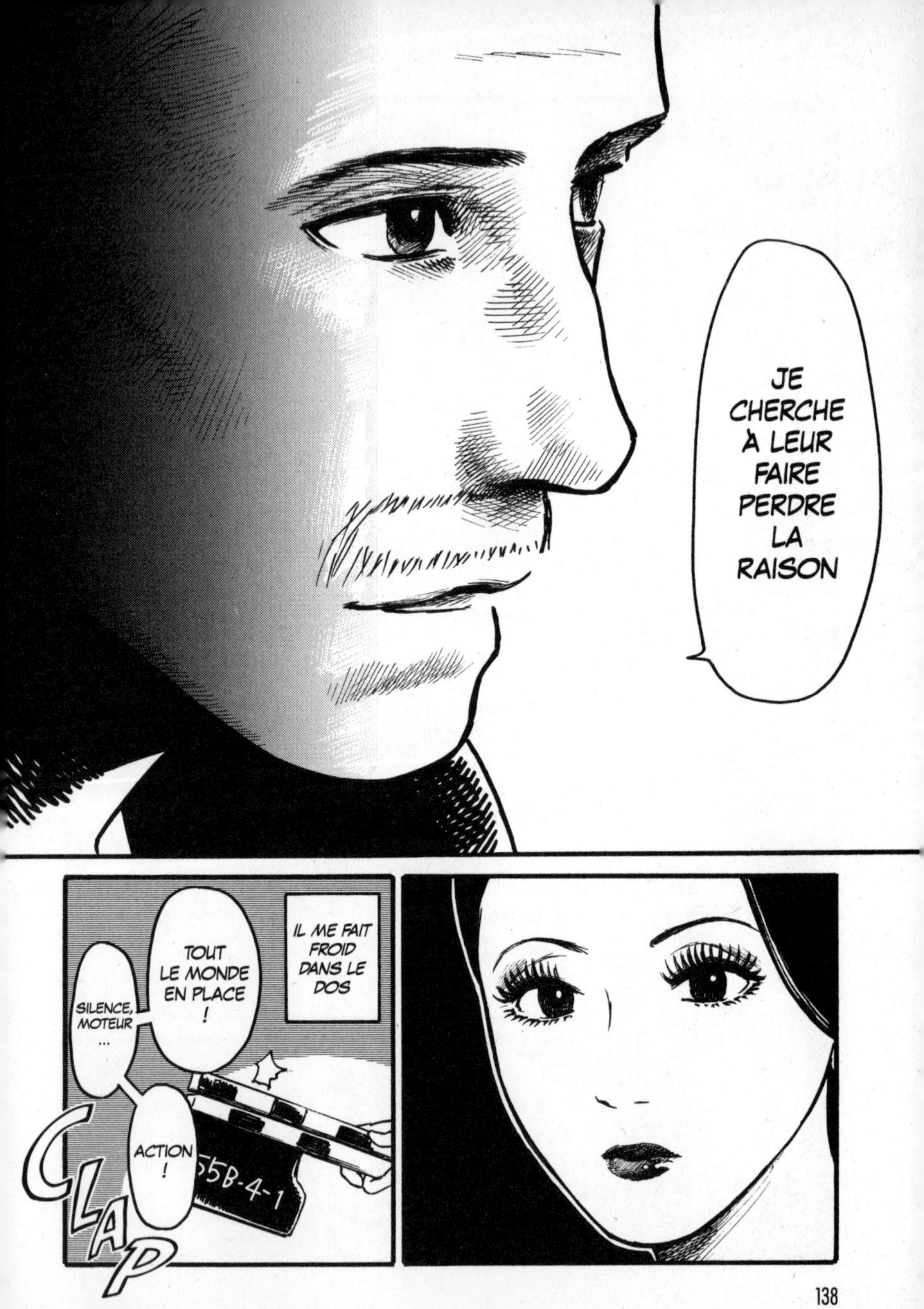
JE CHERCHE À LEUR FAIRE PERDRE LA RAISON
IL ME FAIT FROID DANS LE DOS
TOUT LE MONDE EN PLACE !
SILENCE, MOTEUR ...
ACTION !
55B-4-1
CLAP

PARDONNE-MOI
Scène 38
TAKASHI YATSUMI JOUE LA COMÉDIE...
PARCE QU'IL VEUT RENDRE FOUS...
J'AI ÉTÉ SI STUPIDE...
SI CRUEL
SES FANS QUI NE LE LÂCHENT PAS DES YEUX
ET CECI...
PEU IMPORTE CE QU'IL ADVIENT...
DE LA VIE DE CES PAUVRES GENS !
PARDONNE-MOI

YATSU ?
SUPER !
C'EST TOUT POUR AUJOURD'HUI !
Bravo à tous !

DIS...
YATSU
IL T'EST ARRIVÉ ...
QUELQUE CHOSE ?
UN ÉVÉNEMENT...
SUSCEPTIBLE DE T'ÉMOUVOIR ?

JE SUIS SI CONTENTE D'AIMER LE CINÉMA DE TOUT MON CŒUR
C'EST BIEN CELLE-CI ?
YAMADA FIXE OMACHI
YAMADA : JE T'AI PERCÉ À JOUR, SALE IMPOSTEUR
OMACHI : ...
OUI !
C'EST... UN TOUT PETIT FILM CEPENDANT...
IL N'EST MÊME PAS SORTI EN DVD !
COMMENT...
L'AVEZ-VOUS TROUVÉ ?
ET SI VOUS ESSAYIEZ À 56 MINUTES ET 24 SECONDES ?
ELLE A BEAU ÊTRE COURTE...
MAIS JE ME SOUVIENS TRÈS CLAIREMENT...
DE LA SCÈNE DANS LAQUELLE VOUS APPARAISSIEZ
UNE SCÈNE MAGNIFIQUE...
MARQUÉE PAR D'IMPOSANTS DAPHNÉS ODORA

BONNE QUESTION
SEULE AYAME KOSHINO ...
ACTRICE DE PREMIER ORDRE...
A PU TOUT JUSTE DÉCELER ...
LA MER D'ORDINAIRE PLACIDE...
DE SON JEU MAÎTRISÉ...
S'EST AGITÉE

DANS LE CŒUR DE TAKASHI YATSUMI
CES VAGUES NOUVELLES...

Dans la peau de *Miwa*

SCÈNE 14 : DON'T CALL ME BY YOUR NAME

TAKASHI YATSUMI...
ME MANQUE TERRIBLEMENT

SCÈNE 14 : DON'T CALL ME BY YOUR NAME

MADEMOISELLE MIWA...
PUIS-JE...
VOUS ENVOYER FAIRE UNE COURSE ?
UNE COURSE ...
VOUS DITES ?
POUR ACHETER LE JAMBON PRÉFÉRÉ DE M. YATSUMI
ON NE PEUT L'OBTENIR QU'AVEC CE BON
VOICI L'ADRESSE ET L'ARGENT NÉCESSAIRE
JAMBON SATÔ
MAIS C'EST ...
UN BON POUR LES JAMBONS SATÔ ?!
JAMBON SATÔ
LA RUMEUR SELON LAQUELLE IL MANGE SON JAMBON EN LE COUPANT LUI-MÊME
DISAIT DONC VRAI !!

ÇA FAIT UN PEU LOIN...
LE JAMBON DE MON DIEU... PSST PSST
ALORS ...
LE JAMBON DE MON DIEU... PSST PSST...
PRENEZ LE VÉHICULE RÉSERVÉ AU PERSONNEL ...
D'ACCORD ?
LA BOUTIQUE EST TELLEMENT PAUMÉE QU'ON A L'IMPRESSION QU'ELLE EST AU BOUT DU MONDE !
AUCUN BUS OU TRAIN N'Y PASSE !
Même si l'adresse est à Tokyo...
EUH... VOUS M'ÉCOUTEZ ?
O... OUI !
LA CLÉ EST SUR LE CONTACT
J'Y VAIS DE CE PAS !
À TOUT À L'HEURE

MADEMOISELLE FUJIURA
OÙ EST MIWA ?
ELLE EST PARTIE FAIRE UNE COURSE
EN VOITURE
HEIN ?
EN VOITURE ?
MAIS JE CROYAIS ...
QUE LA VOITURE DE FONCTION ÉTAIT EN PANNE
MOI AUSSI...

C'EST IMPO...
QU...
QUOI ?!
MAIS ALORS ...
COMMENT A-T-ELLE ...
DÉSOLÉE !
J'AI MIS PLUS DE TEMPS QUE PRÉVU !
GAH !

MADE-MOI-SELLE MIWA ...
VOUS AVEZ FAIT L'ALLER-RETOUR À BICYCLETTE ?
CE N'ÉTAIT PAS LA PORTE À CÔTÉ
LE BOUT DU MONDE, EN EFFET ...
?

AH !
NE ME DITES PAS...
QUE LE VÉHICULE DU PERSONNEL...
C'ÉTAIT CE GROS VAN ?!
Le vélo derrière
ÇA... ÇA TOMBE SOUS LE SENS...
ON NE FAIT PAS DES COURSES À VÉLO POUR UNE STAR !
MÊME SANS ÇA...
PERSONNE NE TRANSPORTERAIT AUTANT D'ACHATS SUR UNE SIMPLE BICYCLETTE !!

J'ÉTAIS TELLEMENT FOCALISÉE SUR LE JAMBON DE MAÎTRE YATSUMI...
JE LE FAIS POUR LUI...
ALLEZ !
QUE J'AI PERDU TOUT BON SENS !
PFF

AH HA HA HA HA HA HA
PFF HI HI HI !
QUELLE FORCE DE LA NATURE !
HA HA HA
VOUS ÊTES ALLÉE JUSQUE LÀ-BAS EN PÉDALANT ?
AH, C'EST TOUT BONNEMENT HILARANT !
HA HA AH HA HA
VOUS DEVEZ ÊTRE ÉPUISÉE, ALLEZ VOUS REPOSER UN PEU
HA HA HA HA
ME...
MERCI ...

BONNE SOIRÉE
J'AI ENCORE ...
FAIT UNE BOURDE
JE VIS SEULE DEPUIS DIX ANS
COMME JE ME DÉPLACE PRINCIPALEMENT À VÉLO...
L'IDÉE DE PRENDRE LA VOITURE NE M'A MÊME PAS EFFLEURÉE...
UNE FOIS DE PLUS...
J'AI SENTI QUE JE N'ÉTAIS PAS DU MÊME MONDE...

HAA...
JE SUIS RINCÉE ...

PAR CONTRE ...
JE N'AI PAS LE CŒUR...
SI LOURD QUE ÇA
JE SUIS ENCORE TOUT EUPHORIQUE D'AVOIR ÉTÉ UTILE À MON IDOLE...
JE N'AI PAS CONNU UNE TELLE SENSATION DE FATIGUE DEPUIS LE MARATHON DU COLLÈGE ...
C'EST PLUTÔT GRATIFIANT, QUELQUE PART
JE SUIS LA CARRIÈRE DE MON DIEU, TAKASHI YATSUMI...
DEPUIS L'ENFANCE
JAMAIS JE N'AURAIS CRU POUVOIR L'APPRO-CHER DE SI PRÈS

J'ES-PÈRE ...
QUE JE LE VERRAI, LA PROCHAINE FOIS...
PEUT-ÊTRE QU'IL EST DÉJÀ RENTRÉ ?
IL POURRAIT TRÈS BIEN SE BALADER DANS LE COIN ...
EN CE MOMENT MÊME...
...
PFF, N'IMPORTE QUOI...

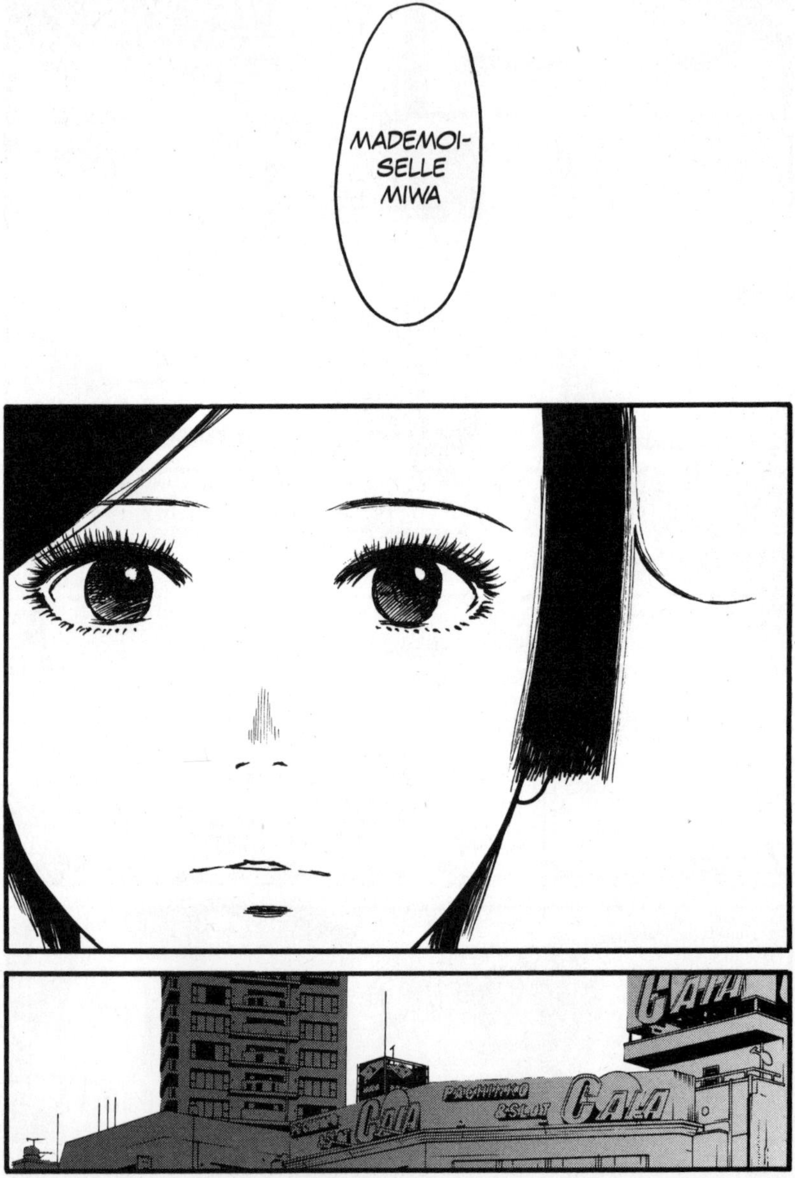
MADEMOI-SELLE MIWA

MÉDECINE
CHINOIS

&SLOT
GAIA
HINKO
&SLOT
GAIA

VOUS ÊTES BIEN...
MIWA KUBOTA, N'EST-CE PAS ?

L'ACCIDENT CE JOUR-LÀ...
VLOM
IIIH
ET LE DÉSIR QUI EN A DÉCOULÉ
CE PARI POURRAIT RUINER MA VIE TOUT ENTIÈRE
LES IMAGES DE L'INSTANT PRÉCIS OÙ J'AI DÉCIDÉ DE COMMETTRE UN CRIME ME REVINRENT EN PLEINE FACE COMME UN BOOMERANG
C'EST ELLE
LA FEMME...
POUR QUI JE ME FAIS PASSER !

SAKURA
MIWA

FIN DU TOME 2

LA SUITE AU PROCHAIN ÉPISODE...

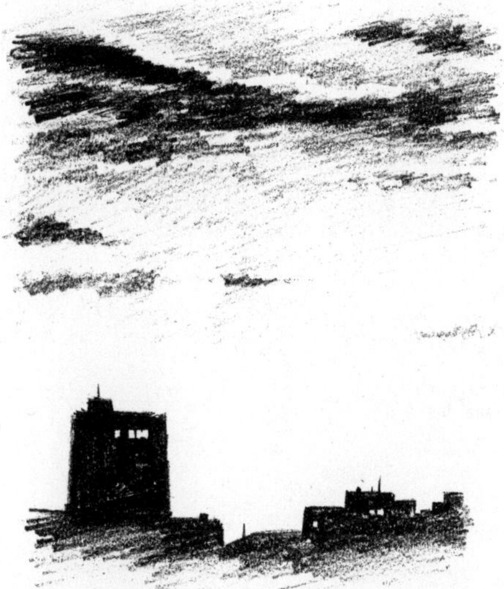

« CE N'EST QU'UNE AVENTURE PALPITANTE DE PLUS ! »

« UNE FIN PARFAITE

POUR UNE VIE

IMPARFAITE »

RÉPLIQUES TIRÉES DU FILM « AGENT X 27 »

Dans la peau de Miwa

VOLUME. 2

AUTHOR : UHEI AOKI

STAFF : TADASHI WATANABE

ORIGINAL DESIGN : TADASHI HISAMOCHI (hive)

COOPERATED BY WONDERWALL

DANS LE PROCHAIN TOME

LA VIE, CE N'EST PAS DU CINÉMA

Dans la peau de Miwa

TOME 3 À PARAÎTRE

PROCHAINEMENT

Dans la peau de Miwa

MIWA-SAN NARISUMASU vol. 2 by Uhei AOKI

Collection dirigée par : Grégoire Hellot
Traduction : Gaëlle Ruel
Lettrage : Tomiko Bénézet-Toulze

Loi n° 49.956 du 16 juillet 1949
Sur les publications destinées à la jeunesse.

ISBN : 979-10-420-1509-1

KURORAWA
92, avenue de France - 75013 Paris

Dépôt légal : septembre 2024
Imprimé en France par Aubin Imprimeur